Colección dirigida por Marinella Terzi
Traducción del alemán: Marinella Terzi

Título original: *Im Bett*
© del texto: Dimiter Inkiow, 2003
© de las ilustraciones: Anne Decís, 2003
© Ediciones SM, 2003
  Impresores, 15 - Urbanización Prado del Espino
  28660 Boadilla del Monte (Madrid)

ISBN: 84-348-9530-7
Depósito legal: M-39283-2003
Impreso en España / *Printed in Spain*
Imprenta: Orymu, SA - Ruiz de Alda, 1 - Pinto (Madrid)

No está permitida la reproducción total o parcial de este libro, ni su tratamiento informático, ni la transmisión de ninguna forma o por cualquier otro medio, ya sea electrónico, mecánico, por fotocopia, por registro u otros medios, sin el permiso previo y por escrito de los titulares del *copyright*.

EL BARCO  DE VAPOR

Lidia y yo vamos a la cama

Dimiter Inkiow

Ilustraciones de Anne Decís

Ayer por la noche
mi hermana Lidia y yo
no queríamos irnos a dormir.
Preferíamos ver la televisión.

—Este programa es genial
–dijo Lidia.

Pero mamá y papá no nos hicieron caso.

—A esta hora
todos los niños
tienen que estar en la cama
–dijo mamá.

—¡No es cierto!
¡No es cierto!
–gritamos los dos.

—Cuando yo era como vosotros
tenía que irme a la cama
mucho antes
–dijo papá.
Lidia preguntó:
—¿Y eso te gustaba?

—¡Esa no es la cuestión!
Lavaos los dientes
y, antes de que yo cuente tres,
estaréis en la cama. ¿Entendido?

Cuando papá se pone así
no hay más remedio que obedecer.

Nos lavamos los dientes
lo más despacio que pudimos.

Pero no te puedes
lavar los dientes eternamente,
así que tuvimos
que irnos a la cama.

Nos acostamos tristes
y enfadados.
De pronto,
mi hermana Lidia dijo:

—¡Es muy complicado esto de ser un niño!
—Sí –asentí–. ¡Sí, Lidia, sí!

—Cuando sea mayor
–me susurró Lidia–,
no me iré pronto a la cama.
¡Nunca!
—¡Yo tampoco!
¡Yo tampoco!
—Miraré la tele
todo el tiempo que quiera.
Muchas pelis policiacas.
De esas de misterio.
—¡Yo también!
–grité aún más de acuerdo–.

Seguramente
papá y mamá estarán ahora
viendo una peli de policías.
—Vayamos a verlo
–propuso Lidia–.
¡Pero muy callados!

Saltamos de la cama
y fuimos de puntillas
hasta el cuarto de estar,
tan silenciosos como ratones.

Sabemos hacerlo muy bien.
  Nuestros corazones palpitaban
muy deprisa,
porque teníamos
un poco de miedo
de que papá y mamá nos pillaran.

Pero entonces
les diríamos
que queríamos beber agua.

Nos apretamos contra la puerta
y escuchamos.
De pronto
la puerta se abrió
y apareció papá.

—¿Qué hacéis aquí?
¿Por qué no estáis en la cama?
 —Queríamos beber agua.
 —Bueno.
Pero deprisa.

Tuvimos que beber agua,
aunque no tuviéramos sed.

Regresamos a nuestras camas,
sin saber
si papá y mamá estaban viendo
una peli de policías.
Si escuchábamos atentamente,
oíamos el sonido de la tele.

—Cuando sea mayor
no me iré tan pronto a la cama
–susurró Lidia otra vez–.
¡Nunca! ¡Lo prometo!

—¡Yo tampoco, Lidia!
¡Yo tampoco!

—Tendré tres niños.
Y todas las noches
miraré con mi marido
películas de misterio
en la tele.
¡Todas las noches!

—Y con tus tres niños, Lidia. Has olvidado a tus tres niños.

—No, los mandaré a la cama.
A esta hora
los niños tienen que estar
en la cama
–dijo mi hermana Lidia,
se dio la vuelta
y se durmió.